Edição patrocinada pela
TIBET RELIGIOUS FOUNDATION OF H.H THE DALAI LAMA,
Taipei, Taiwan.

A Vida Extraordinária
de
Sua Santidade
O
Décimo Quarto Dalai Lama

Uma Jornada Iluminada

Narração: O Dalai Lama

Texto e Arte: Rima Fujita

Tradução: Denise Sanematsu Kato

Palas Athena

Título original: *The Extraordinary Life of His Holiness the Fourteenth Dalai Lama: An Illuminated Journey*
Copyright © 2021 Rima Fujita

Coordenação editorial: Lia Diskin
Capa e projeto gráfico: Gopa & Ted 2 (capa) e Katrina Damkoehler (interior)
Revisão: Rejane Moura
Produção e Diagramação: Tony Rodrigues

Dados Internacionais de Catalogação na Publicação (CIP)
(Câmara Brasileira do Livro, SP, Brasil)

Bstan-'dzin-rgya-mtsho, Dalai Lama XIV, 1935-
 A vida extraordinária de Sua Santidade O Décimo Quarto Dalai Lama: uma jornada iluminada / narração o Dalai Lama ; texto e arte Rima Fujita; tradução Denise Sanematsu Kato. -- 1. ed. -- São Paulo, SP : Palas Athena, 2022.

 Título original: The extraordinary life of His Holiness the fourteenth Dalai Lama: an illuminated journey.

 ISBN 978-65-86864-24-3

 1. Budismo - Literatura infantojuvenil 2. Dalai Lama - Biografia - Literatura infantojuvenil I. Fujita, Rima. II. Título.

22-134875   CDD-028.5

Índices para catálogo sistemático:

1. Budismo : Literatura infantil 028.5
2. Budismo : Literatura infantojuvenil 028.5

Eliete Marques da Silva - Bibliotecária - CRB-8/9380

1ª edição, dezembro de 2022

Todos os direitos reservados e protegidos pela Lei 9610 de 19 de fevereiro de 1998.
É proibida a reprodução total ou parcial, por quaisquer meios, sem a autorização prévia, por escrito, da Editora.
Direitos adquiridos para a língua portuguesa por Palas Athena Editora

Alameda Lorena, 355 – Jardim Paulista
01424-001– São Paulo, SP – Brasil
Fone (11) 3266-6188
www.palasathena.org.br
editora@palasathena.org.br

Enfrentei muitas dificuldades em minha vida, mas sou muito feliz.
Acredito, de verdade, que a capacidade de ser feliz está na natureza de cada um.

TENZIN GYATSO,
Sua Santidade o Décimo Quarto Dalai Lama

Índice

Prefácio por Sua Santidade o Dalai Lama   5
1. Nascimento   7
2. Como me descobriram   9
3. Entronização   13
4. Preparação para Lhasa   15
5. A vida no Potala   17
6. Infância   21
7. Adolescência   25
8. Exílio   29
9. Em casa   31
10. O Prêmio Nobel da Paz   33
11. Sessenta anos no exílio   35
12. Meus quatro compromissos   39
13. Meu desejo   43
Posfácio de Rima Fujita   46
Agradecimentos   48
Sobre a autora-artista   49
Sugestão de leitura da Palas Athena Editora   53

Prefácio por Sua Santidade o Dalai Lama

Embora eu tenha nascido em uma aldeia distante no Tibete, passei grande parte de minha vida no exílio, na Índia. Apesar das terríveis tragédias que assolaram o povo tibetano, conseguimos reestabelecer nossas instituições no exílio com grande ajuda do governo indiano, de organizações da Índia e muitas pessoas no mundo todo.

Logo após nossa chegada à Índia, em 1959, introduzimos a democracia em nossa comunidade tibetana no exílio. Em maio de 2011, devolvi minha autoridade política à liderança eleita.

O verdadeiro propósito de nossa vida é servir aos outros e permaneço comprometido com este caminho. É por meio da compaixão, da importância com o bem-estar das pessoas, que devemos nos empenhar para resolver os problemas humanos, em um espírito de consideração mútua e reconciliação. Tenho dedicado meus esforços para trazer melhorias, por mais insignificantes que sejam, para a sociedade como um todo, e para um mundo mais compassivo e pacífico.

Fiquei feliz por Rima Fujita ter criado um pequeno livro ilustrado sobre minha vida. Espero que os leitores obtenham um pouco de inspiração para trilhar o caminho da não violência e da compaixão.

O Dalai Lama
7 de outubro de 2020

1: Nascimento

Cresci no Tibete numa época em que as pessoas eram livres. Muitas eram nômades e viviam onde queriam. Meu país tinha grandes extensões de terra e campos verdes, exuberantes. No horizonte, montanhas brancas, cobertas por calotas de neve que jamais derretiam e cascatas de água congelada. Os animais selvagens não temiam os seres humanos, pois a caça era totalmente proibida.

No nordeste do Tibete havia uma modesta aldeia chamada Taktser, com campos dourados de cevada cercados por montanhas, florestas verdes e extensas pradarias. Juníperos e álamos pontilhavam a paisagem, e pêssegos, damascos, amêndoas e frutas silvestres cresciam por toda parte, ao lado de flores com aroma adocicado e muitas tonalidades diferentes. Nasci nessa bela aldeia de agricultores.

Na ocasião do meu nascimento, no verão de 1935, dois corvos apareciam todas as manhãs e se empoleiravam no telhado da minha casa. O mesmo aconteceu no nascimento de outros Dalai Lamas do passado: o sétimo, o oitavo e, especialmente, o décimo segundo.

Embora minha família estivesse longe de ser rica, fui criado por pais amorosos, em um ambiente amoroso. Meu pai era temperamental, mas amava cavalos e passava grande parte do tempo cuidando deles. Minha mãe era uma mulher muito bondosa. Foi a primeira pessoa a me ensinar o significado da compaixão.

Ela costumava me colocar num cesto, onde eu ficava deitado ao seu lado, enquanto ela batia manteiga. Eu adorava brincar com as galinhas e imitá-las. *"Có, có!"*, eu exclamava – e caía na gargalhada! Também gostava de apanhar os ovos das galinhas com minha mãe. Esses podem ser detalhes vagos, mas são algumas de minhas lembranças mais felizes e mais antigas, que estimo até hoje.

Minha família me deu o nome Lhamo Dhondup, que significa "Deidade Realizadora de Desejos".

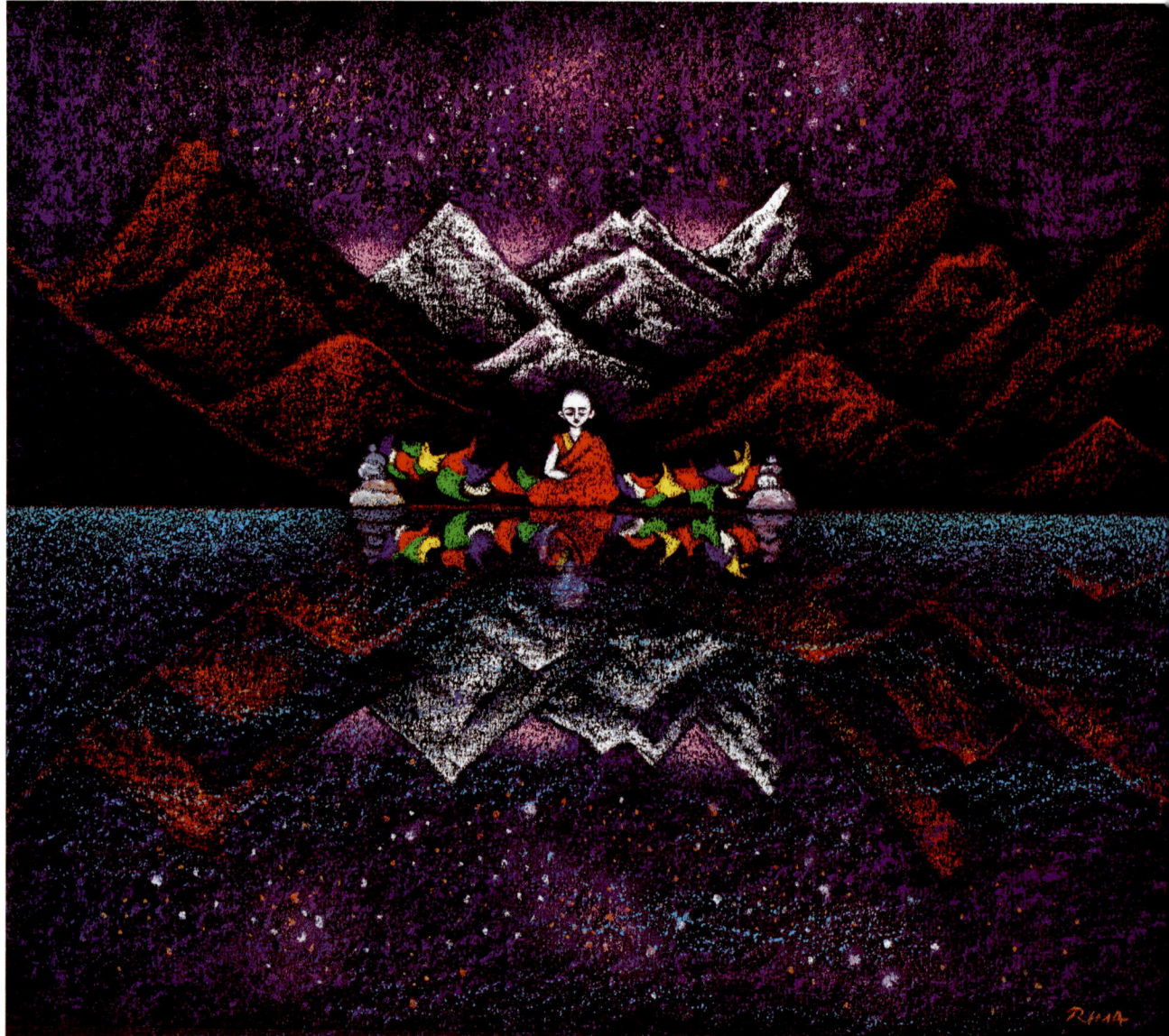

2: Como me descobriram

Sou o Décimo Quarto Dalai Lama; quando faleceu o Décimo Terceiro Dalai Lama, uma equipe de busca começou a procurar sua nova encarnação, com base nas instruções deixadas por ele.

Certo dia, o regente do Tibete, Reting Rinpoche, teve visões no lago sagrado, Lhamoi Latso. Uma das visões correspondia a três letras: *ah*, *ka*, *ma*.

Posteriormente, quando fui encontrado próximo ao Monastério Kumbum, em Taktse, o significado dessas três letras ficou bem claro: *Ah* significava Amdo, *Ka* referia-se a Kumbum e *Ma* provavelmente fazia alusão ao meu nome.

Das três equipes de busca, a que foi enviada a Amdo, no Leste, finalmente chegou à minha casa, em Taktse. De certa forma, este lago sagrado e muito especial é como uma tela de televisão: ao longo de toda sua história, houve muitos episódios de pessoas enxergando visões sagradas em sua superfície!

Os membros da equipe de busca fingiam ser viajantes e se hospedaram em nossa casa. Kewutsang Rinpoche, o líder da equipe, disfarçara-se de criado, enquanto o verdadeiro criado usava os mantos de um monge. Ambos brincaram comigo para observar meu comportamento.

Embora fosse meu primeiro encontro com Kewutsang Rinpoche – e apesar de ele estar disfarçado, usando roupas de criado – eu sabia o nome dele sem ninguém ter me contado.

Também agarrei e puxei o *mala* que ele levava no pescoço, e disse: "É meu! É meu!".

Aquele *mala* pertencera ao Décimo Terceiro Dalai Lama, portanto pude reconhecê-lo.

Quando estavam prestes a partir para Lhasa, chorei e disse-lhes: "Por favor, levem-me com vocês!".

Mesmo antes de eles surgirem, eu falava para minha família: "Vou para Lhasa! Vou para Lhasa!", e fingia fazer as malas.

Fazer as malas para Lhasa era uma das minhas brincadeiras preferidas da infância.

Eu tinha dois anos na época.

3: Entronização

Depois de um tempo, a equipe de busca voltou novamente para realizar uma investigação mais formal. Desta vez, Kewutsang Rinpoche usava seu próprio manto e o criado estava vestido como criado.

Trouxeram vários itens pessoais que pertenceram ao Décimo Terceiro Dalai Lama. Incluíram outros objetos semelhantes aos do Décimo Terceiro Dalai Lama para verificar se eu conseguiria reconhecer os certos.

"Quais são seus?", perguntaram-me.

Escolhi apenas os que pertenceram ao Décimo Terceiro Dalai Lama.

A equipe de busca voltou para Lhasa e o governo tibetano confirmou e reconheceu oficialmente que eu assumiria o trono como o Décimo Quarto Dalai Lama.

Eu tinha apenas quatro anos de idade.

4: Preparação para Lhasa

Nem preciso dizer que meus pais ficaram chocados.

Meu irmão mais velho já havia sido reconhecido como rinpoche e morava nas redondezas, no Monastério Kumbum, portanto meus pais achavam possível que eu fosse outro grande lama, mas jamais sonharam que eu poderia ser o Dalai Lama.

Eu estava muito feliz e me lembro muito bem desse momento.

Sempre quis ir a Lhasa e meu sonho estava se tornando realidade.

Antes de me mudar para o Palácio de Potala, em Lhasa, fui separado dos meus pais e levado para passar um tempo no Monastério Kumbum, sem eles.

Embora meu irmão mais velho fosse um rinpoche nesse monastério, a vida ali era muito difícil para uma criança pequena como eu.

Quando cometia erros considerados naturais para uma criança de três anos, eu era punido, às vezes de maneira dolorosa.

Meu único conforto era um monge idoso, amável, um dos professores do meu irmão.

De vez em quando, ele me colocava no colo, me envolvendo em seu manto, e me oferecia damascos secos.

5: A Vida no Palácio de Potala

Um menino travesso de quatro anos: assim fui oficialmente entronizado como o Dalai Lama em 1940; meu nome deixou de ser Lhamo Dhondup e se tornou Tenzin Gyatso. Passei a morar no Palácio de Potala.

O Palácio de Potala era um lugar imenso, escuro e muito frio. Tão grande que você jamais poderia saber ao certo quantos quartos ele tinha.

Nas paredes havia muitos murais, e estátuas das deidades e dos Dalai Lamas anteriores podiam ser encontradas em toda parte. Para uma criança pequena, pareciam muito austeros e, às vezes, assustadores.

Eu não tinha amigos da minha idade.

Meus únicos amigos eram os varredores e cozinheiros do palácio. Apesar de serem adultos, brincavam comigo e davam risadas genuínas – de quando em quando, porém, até eles se zangavam comigo.

Tratavam-me como um verdadeiro amigo, não como o lama mais sagrado do Tibete.

Muitas vezes, brincávamos da seguinte maneira: colocávamos uma flor ou uma pedra (ou, às vezes, um biscoito) a alguns metros de distância e depois saíamos correndo para ver quem pegava primeiro. Quando era uma flor, eles diziam: "Ah, vamos deixar Sua Santidade ganhar"; e me deixavam pegar a flor. No entanto, se fosse um biscoito, saíam em disparada para pegá-lo, sem me dar qualquer chance!

Meus pais moravam perto de Potala, mas não conseguia vê-los com frequência. Quando minha mãe vinha me visitar, trazendo todos os meus pratos preferidos, que ela cozinhara para mim, eu não os compartilhava com ninguém. Talvez por pura solidão, comia tudo sozinho. No final, eu normalmente tinha fortes dores de estômago.

Deitado na cama, no escuro, as pinturas das deidades nas paredes pareciam ainda mais assustadoras e eu sentia medo. Meu único salvador era o pequeno camundongo que aparecia todas as noites para beber a manteiga das lamparinas. Ficava feliz quando o via. Era meu único companheiro e o conforto que ele trazia era temporário, mas instantâneo. Eu era muito solitário.

6: Infância

Eu era um aluno preguiçoso.

Meu irmão mais velho, Lobsang Samten, e eu estudávamos juntos com frequência – e às vezes aprontávamos bastante. Como era costume naquela época no Tibete, nossos professores tinham dois "chicotes" diferentes. Segundo eles, destinavam-se a monges especialmente desobedientes: um chicote roxo para meu irmão e um chicote amarelo para mim. O amarelo é considerado uma cor "sagrada", portanto fizeram um "chicote sagrado", especial, amarelo, para o Dalai Lama.

Entretanto, descobri que, embora as cores fossem diferentes, a dor recebida era exatamente a mesma.

Imaginem meu desapontamento!

Por não ter amigos da minha idade para brincar, eu passava muito tempo sozinho, explorando os numerosos presentes que recebia do mundo inteiro. Os presentes ficavam guardados nos depósitos de Potala.

Uma das coisas de que eu mais gostava era dirigir um dos carros clássicos importados nas áreas do palácio.

Também gostava de desmontar relógios de pulso e montá-los de novo. O tempo simplesmente voava quando eu fazia isso.

Adorava ver filmes estrangeiros e novos vídeos com um projetor de cinema. Era revigorante assisti-los, pois naquela época praticamente não havia estrangeiros no Tibete e isso me permitia ter uma ideia do mundo além do Tibete.

Outra atividade diária era admirar a cidade de Lhasa e as montanhas dos Himalaias ao seu redor, usando o grande telescópio da minha varanda.

O que me chamava atenção especial eram os prisioneiros. Acorrentados pelos pés, prostravam-se ávida e repetidamente, olhando em minha direção o dia todo. Isso partia meu coração, e esperava poder libertá-los algum dia.

Certo dia, Lobsang Samten, meu terceiro irmão, que havia se tornado monge, preparou-se para sair do Palácio de Potala. Meus mestres e confidentes me achavam muito dependente dele e acreditavam que seria melhor para mim se ele partisse.

Nem preciso dizer o quanto me senti triste ao perder o único apoio emocional recebido de um membro da família.

7: Adolescência

Em 1949, o Exército de Libertação Popular começou a controlar a China e a pressionar o Tibete de maneira agressiva.

Foi nessa época, em 1950, que fui forçado a assumir o poder político total do meu país. Comecei meus estudos formais aos seis anos, mas a maioria do meu conhecimento estava relacionado à filosofia budista e eu não tinha a menor ideia sobre questões políticas ou mundiais.

Meu predecessor, o Décimo Terceiro Dalai Lama, assumiu o poder político aos dezoito anos, portanto insisti que o mesmo acontecesse comigo. Contudo, não tive escolha. O Tibete corria sério perigo e não pude me dar ao luxo de esperar mais.

Eu tinha quinze anos.

Não foi fácil para mim tomar decisões políticas como chefe de Estado. Pedia conselhos a todos ao meu redor – não apenas aos meus professores e confidentes, mas também aos varredores e cozinheiros.

Entretanto, no final das contas eu sempre tinha que confiar em mim.

Para me ajudar a tomar decisões, eu usava o *Mo*, um sistema tibetano tradicional de adivinhação que utiliza um conjunto de dados.

Com base em minha própria experiência, sei que seus resultados são sempre precisos. Portanto, confiei nele.

Em 10 de março de 1959, milhares de tibetanos preocupados com minha segurança cercaram o Palácio de Potala ao ouvirem que o exército chinês estava prestes a vir me capturar. O exército chinês reprimiu brutalmente a rebelião.

Estima-se que mais de 1,2 milhão de tibetanos morreram como resultado direto da ocupação do Tibete pelos chineses. Essas pessoas sacrificaram a própria vida para proteger minha vida e seu país.

Sabendo que era perigoso demais permanecer no Tibete, já que o exército chinês estava prestes a invadir a qualquer instante, eu aguardava o momento certo para fugir.

Queria ficar no Tibete – mas o que aconteceria ao meu povo se eu fosse capturado pelos chineses ou morresse?

Fui forçado a fugir de minha terra natal em direção a um país livre – e me comprometi a salvar meu país, permanecendo fora do Tibete. Não tinha escolha.

Mas quando seria o momento certo de sair do Tibete?

Durante três meses, aguardei pacientemente um sinal do Protetor Nechung, uma deidade que os Dalai Lamas consultam há séculos antes de tomarem decisões importantes. O Oráculo de Nechung – uma pessoa especializada em se comunicar com o Protetor Nechung – entra em transe e, em seguida, expressa conselhos da deidade.

Sempre que eu perguntava a Nechung se chegara a hora de deixar o Tibete, ele sempre respondia: "Ainda não, aguarde".

Aguentei muitos dias, com emoções cada vez mais perturbadoras.

Na tarde de 17 de março, o Oráculo de Nechung entrou em transe e me disse: "Por favor, vá embora. Por favor, parta esta noite". Seu corpo tremia fervorosamente ao dizer isso, e senti uma forte emoção. Ainda não consigo me esquecer de seu semblante triste naquele momento.

Ele parecia angustiado, enquanto lágrimas escorriam de seus olhos, incessantemente, como uma cascata.

Às dez horas daquela noite, disfarcei-me com um uniforme de soldado, carregando um rifle sobre o ombro, e parti silenciosamente de Norbulingka, meu palácio de verão, onde me refugiara.

Era 17 de março de 1959.

8: Exílio

Senti tristeza ao deixar para trás todos os monges e assistentes fiéis, como cozinheiros e varredores, que não puderam me acompanhar quando fugi de Norbulingka.

Enrolei a pintura *thangka* de Palden Lhamo, minha deidade protetora, e a mantive perto de mim ao longo de toda a viagem. Isso me fez sentir mais seguro, apesar dos perigos à frente. Era reconfortante.

Sinto a presença dela cuidando de mim até hoje, neste exato momento!

Minha família e eu partimos em direção à Índia, a pé e em iaques, por quatorze dias. O tempo todo éramos protegidos por soldados, guerreiros e confidentes tibetanos. O Oráculo de Nechung deu-nos instruções detalhadas sobre a rota que deveríamos seguir.

Mesmo assim, a viagem foi repleta de perigos, pois havia pontos de controle do exército chinês ao longo de todo o caminho.

De alguma maneira, estávamos protegidos.

Certa vez, quando tivemos que passar perto de um grupo de soldados chineses, uma tempestade de areia surgiu repentinamente, impedindo que nos vissem.

Tais eventos maravilhosos e tão afortunados aconteceram com frequência ao longo de nossa jornada.

Em 31 de março de 1959, chegamos à fronteira com a Índia.

Eu estava completamente esgotado e com febre alta, e todo meu séquito, inclusive iaques e cavalos, estavam exaustos.

Ainda assim, sentimos um grande alívio.

Após me escoltarem para uma terra livre, meus guardas estavam prontos para voltar ao Tibete. Disseram-me que desejavam lutar por seu país. Fiquei tão triste... Choramos e nos despedimos, com a sensação de que jamais nos veríamos novamente.

Conforme eu temia, muitos desses bravos guerreiros foram capturados pelo exército chinês no caminho de volta e não conseguiram chegar em casa com vida.

9: Em casa

Na Índia, fomos recebidos pelo primeiro-ministro indiano, Jawaharlal Nehru.

Passei a morar em uma pequena aldeia indiana chamada Dharamsala, no sopé dos Himalaias. Nessa aldeia estabeleci o Governo Tibetano no Exílio e comecei a construir a infraestrutura necessária à preservação da cultura tibetana.

Naquela ocasião, havia cerca de oitenta mil refugiados tibetanos na Índia, Nepal e Butão. Eles me seguiram, fugindo do Tibete e cruzando a fronteira com a Índia. Minha prioridade era construir abrigos, escolas e hospitais para eles.

Os refugiados moravam ao ar livre, em barracas simples, deterioradas. Cultivavam o solo estéril que ninguém mais queria e trabalhavam arduamente, plantando milho e trigo. Muitos labutavam em canteiros de obras em estradas perigosas. Homens, mulheres e crianças, todos batalhando intensamente para sobreviver, trocando o trabalho árduo por uma pequena remuneração.

Muitos órfãos em Dharamsala perderam os pais e familiares – alguns para os chineses, durante a fuga do Tibete, e outros em acidentes de construção, enquanto trabalhavam. Tornei-me uma figura paterna para essas crianças, que depositaram todas suas esperanças em mim.

Eu tinha vinte e quatro anos.

Desde então, tenho buscado apoio internacional para o Tibete e o bem-estar do seu povo por meio de um diálogo pacífico.

Como budista, apesar de diferenças nas filosofias e tradições de diversas religiões no mundo, tenho promovido maneiras de criar paz e cultivar felicidade interna.

Consigo fazer este trabalho porque – apesar de morar no exílio – vivo em um país democrático e livre.

10: O Prêmio Nobel da Paz

Como costumo dizer, sou um simples monge budista.

Nem mais, nem menos.

Sou apenas outro ser humano em meio a bilhões de pessoas nesta Terra.

Entretanto, o fato de que o Comitê do Nobel decidiu me conceder o Prêmio Nobel da Paz em 1989 demonstra que devem ter valorizado alguma coisa que eu estava fazendo. É claro que fiquei feliz ao receber um reconhecimento tão respeitado.

Logo após a cerimônia de premiação, um amigo não resistiu e me perguntou: "Então, o que você fará com o dinheiro do prêmio?!". Rimos tanto sobre isso juntos! Porém, se querem mesmo saber, doei o dinheiro do prêmio a várias instituições.

Ahimsa, a palavra indiana para "não violência", é meu princípio básico.

Violência só gera mais violência.

Soluções verdadeiras e viáveis para os problemas enfrentados por nosso planeta só podem ser obtidas por meio de um diálogo pacífico, a única resposta confiável para os conflitos do mundo.

Nos últimos sessenta anos, tenho pedido à China um diálogo pacífico comigo – mas não atenderam à minha solicitação.

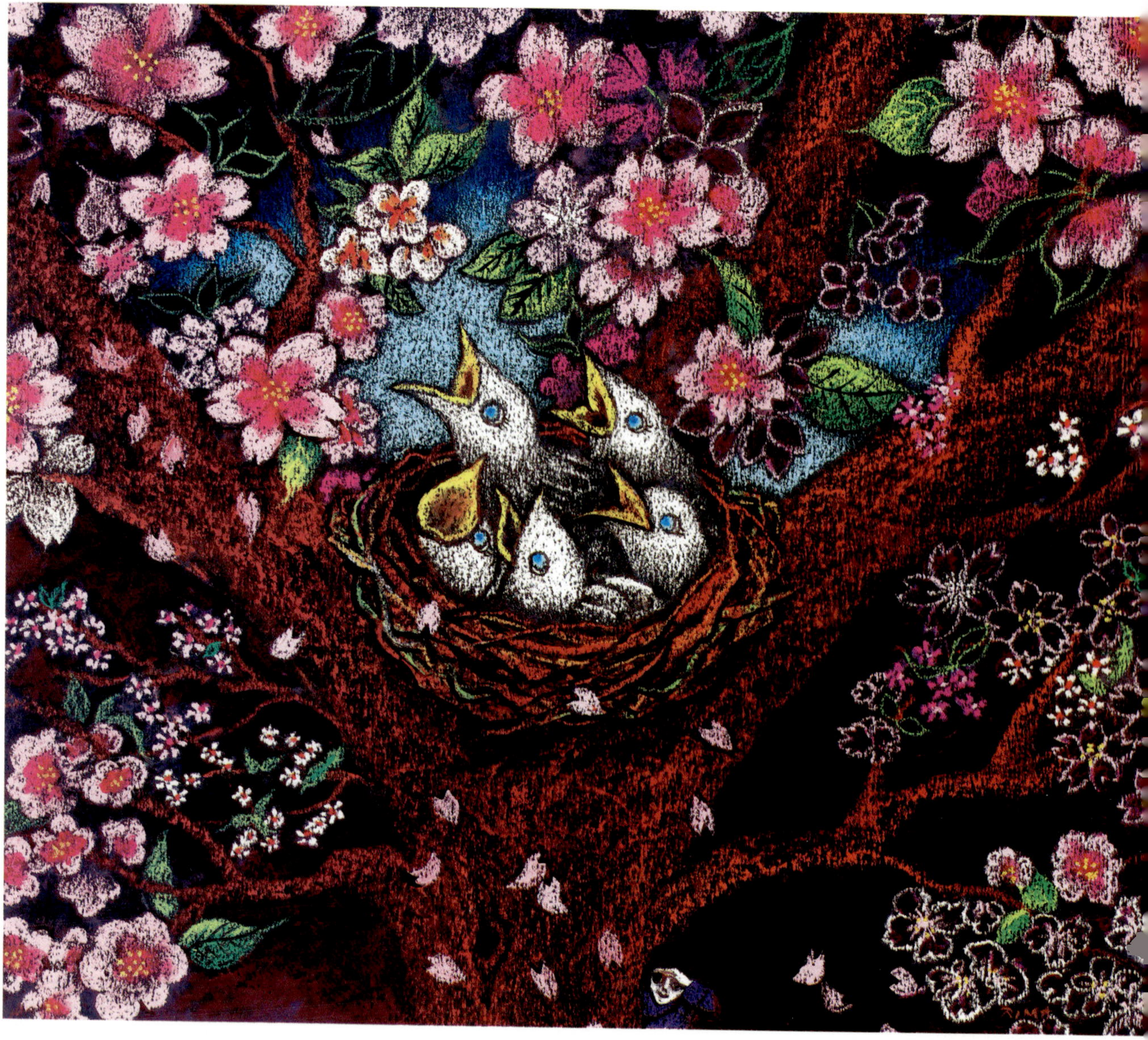

11: Sessenta Anos no Exílio

Hoje estou com oitenta e poucos anos.

Meu corpo está um tanto envelhecido agora, mas meu cérebro continua perspicaz – provavelmente devido a meus muitos anos de prática de meditação. Eu costumava passar mais de dois terços de um ano viajando pelo exterior, mas hoje em dia fico mais tempo aqui, na Índia.

Quando estou em casa, aprecio fazer caminhadas matinais e olhar as belas flores no jardim. Todos os anos, a fila de vigorosas cerejeiras de minha residência produz flores primorosas. São resultado das minúsculas mudas que trouxe do Japão, cinquenta anos atrás – e que testemunharam grande parte da minha vida no exílio.

Adoro animais e tive alguns cães de estimação. Entretanto, quando meu querido cão morreu, fiquei tão triste que me prometi não ter outro animal de estimação; decidi não dar nome a nenhum outro cachorro, nem considerá-lo "meu". Quando você escolhe o nome e chama de "seu bichinho de estimação", você cria um apego emocional no mesmo instante. Apego gera sofrimento. Assim, desde então, ao adotar um cachorro nunca mais escolhi o nome e tentei cuidar dele à distância.

Há muitos macacos selvagens em Dharamsala, eles moram ao redor da minha residência. Certo dia, notei que os macacos estavam atormentando um passarinho recém-nascido em uma árvore. Chamei um de meus guarda-costas e disse-lhe: "Você não precisa cuidar de mim, mas poderia ficar de olho no passarinho para garantir que ele estará a salvo dos macacos?". O guarda-costas passou o dia todo ao pé da grande árvore, durante vários dias, protegendo o passarinho para mim.

Todo mundo quer ser feliz. Todos os seres sencientes querem viver em segurança e nenhum deles quer sofrer. Todos temos esse desejo. Entretanto, nós, como seres humanos, temos a capacidade de cultivar a felicidade ao treinarmos a mente.

Isso é possível porque todos nascemos com o potencial de atingir a verdadeira felicidade. O Buda nos ensinou como cultivar a felicidade.

O que ele ensinou há mais de dois mil e quinhentos anos foi transmitido de geração em geração e ainda é praticado por quase meio bilhão de pessoas até hoje. Mesmo assim, você não precisa ser budista para praticar o budismo.

Sou um monge budista que iniciou seu estudo formal em budismo aos seis anos de idade – mas também sou um ser humano com sentimentos. Portanto, é claro que sinto raiva e fico triste como todo mundo. Quando me sinto triste, geralmente visualizo o Buda na posição de lótus, eu sentado ao seu lado. Em seguida, deito minha cabeça no joelho esquerdo do Buda.

De alguma maneira, isso sempre alivia minha aflição e me conforta.

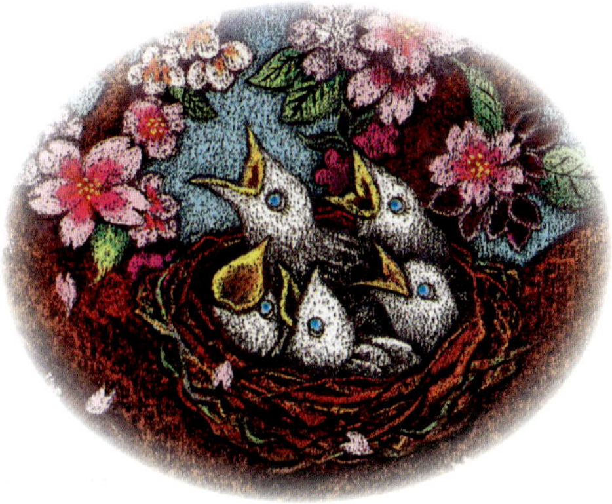

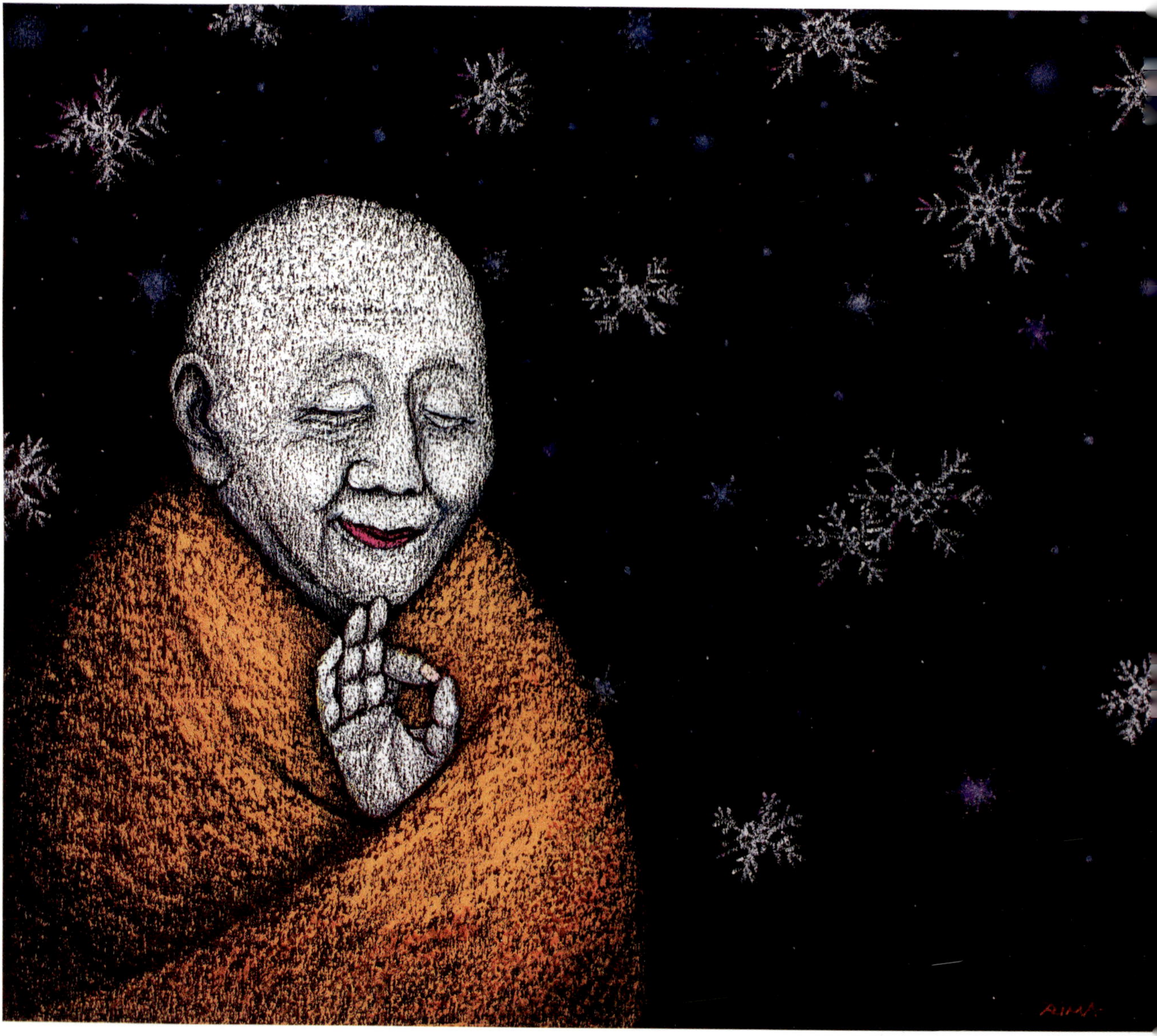

12: Meus quatro compromissos

Quando meu querido professor, Ling Rinpoche, faleceu, fiquei profundamente triste. Senti como se tivesse perdido a sólida rocha na qual me apoiava. Rinpoche ficou extremamente fraco nos últimos três meses de vida e não tenho dúvida de que, por bondade, viveu alguns meses a mais por minha causa, para que eu pudesse me preparar para a separação de meu amado professor e figura paterna.

Apesar do clima quente da Índia, o corpo de Rinpoche não se deteriorou no período de treze dias após sua morte. Mais uma vez, acredito que ele fez isso para me dar tempo suficiente para me acostumar com minha vida sem ele, já que sua passagem me trouxera tanta dor e tristeza. Assim, em vez de ficar lamentando sua morte, decidi focar minha energia em minha missão de servir aos outros e atender às expectativas que ele tinha de mim.

Eu tinha cinquenta e oito anos naquela época.

Hoje, tenho quatro grandes compromissos na vida. O primeiro é o compromisso como ser humano. Nós, seres humanos, precisamos fortalecer o valor da compaixão, do perdão, da tolerância, contentamento, autodisciplina e esperança no mundo.

Meu segundo compromisso é incentivar a harmonia entre as tradições religiosas do mundo. Como praticante budista, desejo que haja compreensão mútua entre todas as principais religiões. Cada religião tem seu benefício e a capacidade de servir à humanidade. Portanto, devemos respeitá-las, uma vez que todas têm a aspiração de nutrir a compaixão e outros valores humanos fundamentais.

Meu terceiro compromisso é a questão do Tibete. Isso inclui trabalhar para proteger o ambiente do Tibete, assim como a identidade e o bem-estar do povo tibetano, a preservação da cultura tibetana e a liberdade religiosa.

Em 1959, devido à invasão chinesa, fui forçado a lidar com uma situação na qual tive que fugir do Tibete e tentar ajudar meu país estando fora dele. Apesar de ter deixado fisicamente minha terra natal, meu coração nunca saiu do Tibete. Meu coração sempre permaneceu ali. E os tibetanos que moram no Tibete herdaram meu propósito e o mantiveram por muitos anos.

Meu quarto compromisso é dar nova vida a um conhecimento indiano antigo sobre como obter paz e felicidade interior.

Sinto que o estudo sobre o conhecimento da Índia antiga deve ser oferecido de uma maneira não religiosa, secular, sem relação alguma com a religião. Desta forma, será relevante a todos.

Uma de minhas outras aspirações é promover um sistema educacional moderno que valorize a "higiene emocional". Essa é uma abordagem à educação na qual as pessoas enfatizam prestar atenção à compaixão, tolerância, e assim por diante, em vez de alimentarem emoções negativas como raiva, frustração, inveja, medo e ansiedade. Assim como a ética secular, penso que a higiene emocional é muito necessária no mundo de hoje, pois já foi negligenciada por tempo demais.

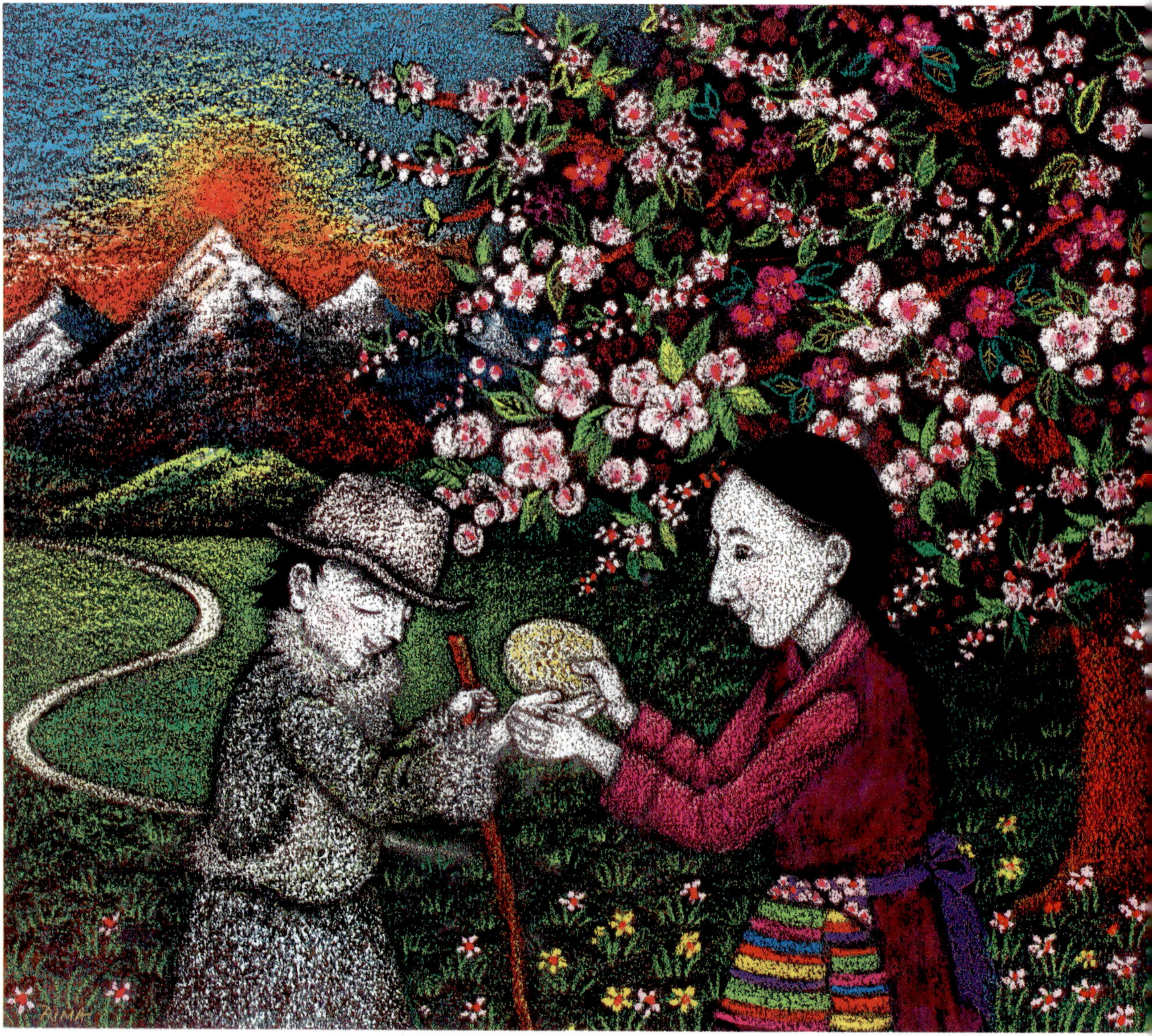

13: Meu desejo

A maioria dos bebês nasce com os olhos fechados, mas quando nasci, meus dois olhos estavam totalmente abertos. Talvez isso se deva à minha missão específica nesta vida. De qualquer forma, estou comprometido a trabalhar pela paz pelo tempo que puder. Acho que poderei viver até 103 anos.

E se os tibetanos ainda quiserem que o "sistema do Dalai Lama" continue, voltarei em minha próxima vida para servir aos tibetanos e à humanidade. Como alternativa, poderei nomear o próximo Dalai Lama, o décimo quinto, enquanto eu ainda estiver vivo. Isso nunca aconteceu antes, tradicionalmente você precisa morrer primeiro para que possa ser "encontrado" em seu próximo renascimento.

Entretanto, como o Tibete passa por um momento crítico, talvez seja uma decisão sábia escolher meu sucessor antes de minha morte. Desta forma, podemos evitar a confusão que virá em seguida, pois a China muito provavelmente tentará lançar seu próprio candidato ao próximo Dalai Lama.

No final das contas, a bondade é minha religião.

Como disse, a primeira pessoa que me ensinou o que é compaixão foi minha mãe. Minha família não era rica, mas sempre que pessoas famintas ou viajantes vinham à nossa casa, minha mãe oferecia-lhes alimento com um sorriso no rosto, mesmo que não restasse nada para ela.

As pessoas costumam me perguntar, não importa em que parte do mundo eu esteja: "O que podemos fazer pelo senhor? O que deseja que façamos?". Meu único desejo é: cultivem a compaixão.

Nós, seres humanos, somos animais sociais e ninguém pode viver sem amor e compaixão. Peço-lhe que cultive a compaixão, pois isso o tornará mais feliz. Se você desejar felicidade somente para si próprio, jamais será feliz, pois tudo está interconectado, tudo é interdependente. Você não pode ser feliz sozinho enquanto outros estão sofrendo, pois todos somos um.

"Enquanto existir espaço e enquanto existirem seres sencientes, que eu continue existindo para dissipar o sofrimento do mundo."

SHANTIDEVA

Posfácio de Rima Fujita

Tomei conhecimento de quem era o Dalai Lama somente ao final da minha segunda década de vida e não sabia nada sobre o Tibete até uma certa noite, em 1993, quando ouvi uma voz de comando em meu sonho, dizendo: "Ajude o Tibete agora!". No dia seguinte, passei muitas horas na Biblioteca Pública de Nova York, na Rua 42, aprendendo, pela primeira vez em minha vida, sobre o Tibete e sua trágica ocupação. Foi assim que começou minha "jornada ao Tibete".

Naquela época, comecei a criar e a doar livros ilustrados para crianças refugiadas tibetanas, tentando ajudá-las a preservar sua língua e cultura, que estavam sob ameaça. Praticar o budismo tibetano tornou-se parte essencial de minha vida, e Sua Santidade o Dalai Lama transformou-se em meu herói e guru-raiz. Assisti aos seus ensinamentos e palestras públicas em Nova York, Tóquio e Índia, e fui agraciada com várias oportunidades de estar em sua presença.

Jamais sonhei ter a honra de ser convidada, por um de seus confidentes, a criar um livro ilustrado contando sua incrível história de vida e não consigo colocar em palavras como me senti constrangida. No budismo tibetano há uma tradição na qual o aluno escreve um livro sobre seu professor, portanto considero este livro a obra mais importante da minha vida e, sinceramente, coloquei todo meu coração nele.

Houve um período, logo após começar a considerar como embarcar neste projeto, em que eu não sabia ao certo como seguir adiante. Uma noite, tive um sonho vívido em que Sua Santidade o Dalai Lama estava sentado ao meu lado. Estávamos conversando e rindo juntos, e de repente ele pegou minha mão, segurou-a com delicadeza e sorriu para mim. Após este sonho, o projeto começou a se descortinar com tranquilidade.

Outra confirmação extraordinária veio por meio de Palden Lhamo, a deidade protetora pessoal de Sua Santidade. Quando uma amiga em Dharamsala descobriu que eu estava trabalhando em um livro sobre o Dalai Lama, ela enviou-me uma imagem da *thangka* de Palden Lhamo que Sua Santidade possui. Baixei a imagem e a imprimi para colocá-la em meu cavalete de desenho. Todos os dias eu queria olhar para essa poderosa deidade e ser inspirada por ela.

Quando o papel saiu da impressora, vi que Palden Lhamo era um espaço vazio, enquanto tudo que havia ao redor dela estava ali. Pensei que algo de errado poderia ter acontecido com a impressora, portanto imprimi a imagem novamente. A mesma coisa aconteceu: toda a deidade estava em branco, exceto a área ao seu redor. Intrigada, imprimi outra coisa para testar e tudo saiu perfeitamente.

Alguns amigos tibetanos me contaram que não é raro isso acontecer. Quando as pessoas tiram fotos de representações de Palden Lhamo, geralmente as fotos saem em branco. Não sei o que isso significou no meu caso, mas interpretei como um sinal da presença dela ali. Estava lá para proteger Sua Santidade e proteger tudo relacionado a ele, inclusive meu livro ilustrado sobre sua vida extraordinária.

Recebi também ajuda e apoio de mais pessoas neste livro. Todos na Wisdom Publications foram muito amáveis durante toda a produção. Revelaram-se, inúmeras vezes, divinamente inspirados. Não tenho palavras para agradecer a toda a equipe da Wisdom, sinto-me tão grata por ter trabalhado com pessoas tão compassivas, que realmente colocam o budismo em prática na vida profissional diária.

Agradeço especialmente à Sua Santidade o Dalai Lama por seu exemplo. Testemunhei com meus próprios olhos, por muitos anos, como suas palavras e ações sempre estão em consonância. Ele é tão honesto e genuíno! É a pessoa mais inteligente, humilde e bondosa que já encontrei. Como somos afortunados por estarmos vivos na mesma era de Sua Santidade o Dalai Lama e podermos receber, diretamente dele, seus ensinamentos e sabedoria preciosa!

Hoje, como um jovem de oitenta e seis anos, sua saúde e bem-estar são uma preocupação para todos nós. Atualmente ele é um firme pilar que sustenta a diáspora tibetana, mantendo todos unidos – mas preocupo-me com o que acontecerá aos tibetanos quando Sua Santidade abandonar o corpo atual. Desde os quatro anos de idade, ele trabalhou incansavelmente por seu povo e pela comunidade global, promovendo compaixão e a união da humanidade.

Tenho esperança contínua de que toda sua grande vida dedicada ao serviço e a mensagens de paz será passada aos tibetanos para que eles se mantenham firmemente unidos. É imprescindível que a comunidade global ajude os tibetanos a reconquistar seus direitos humanos básicos e a preservar sua própria identidade pela liberdade de idioma, cultura e religião. Amo o povo tibetano. Estão entre as pessoas mais bondosas e generosas que conheci na vida.

Certamente visitarei o Tibete quando Sua Santidade retornar à sua terra natal, após muitas décadas. Enquanto isso, continuarei no caminho da minha "jornada ao Tibete", valorizando a sabedoria e o amor que Sua Santidade o Dalai Lama compartilha conosco.

Agradecimentos

Minha profunda gratidão, primeiramente, à Sua Santidade o Décimo Quarto Dalai Lama e a todos que me apoiaram na criação deste livro:

Daniel Aitken
Tsewang Gyalpo Arya
Paul Barsky
Josh Bartok
Gopa Campbell
Tsetan Samdup Chhoekyapa
Ven. Geshe Tenzin Choephel
Ven. Gyaltsen Chophel
Ven. Amdo Choejor
Tenzin Choejor
Laura Cunningham
Katrina Damkoehler
Kat Davis
Yeshi Dolma
Kunchok Dorjee
Junji & Keiko Fujita
Mpho Tutu van Furth
Gabinete de Relações Internacionais entre
    Sua Santidade o Dalai Lama e o Japão

Ben Gleason
Ed Glendinning
David Gordon
Etsuko Ito
Maho Kawachi
Amane Kitamura
Tony Lulek
Lungtok
Alexandra Makkonen
Andrea Miller
Kestrel Montague
Nancy Murray
Dhondup Namgyal
Nechung Dharmapala Center Sangha
Naomi Nodera
Michiyo Ohara
Ven. Paljor
Ryan Phan

Tsewang Phuntso
Chhime Rigzing
Eric Ripert
Tsetan Sadutshang
Nanako Sakai
Ven. Geshe Ngawang Sonam
Taryn Sue
Tenzin Taklha
Sonam Topgyal
Tenzin Tselha
Arcebispo Desmond Tutu
Eli Wakamatsu
Ven. Tenzin Thokme Wangdu
Ogoto Watanabe
Kim Witherspoon
Naoko Yamaguchi
Sonam Zoksang

Sobre a autora-artista

Rima Fujita nasceu em Tóquio, morou na Cidade de Nova York por trinta e dois anos e hoje vive no sul da Califórnia. Formou-se na Parsons School of Design e expôs sua obra com grande projeção internacional, conquistando a admiração de colecionadores no mundo todo. Rima ganhou vários prêmios internacionais e recebeu o reconhecimento especial de Sua Santidade o Dalai Lama e de Desmond Tutu durante a Cúpula Internacional de Paz, no Japão.

Em 2001, Rima fundou a Books for Children, uma organização que produz e doa livros infantis a crianças carentes no mundo todo. Criou sete livros infantis e doou mais de quinze mil livros às crianças tibetanas no exílio.

Seus livros incluem *Wonder Garden*; *Wonder Talk*; *The Little Black Box*; *Simple Meditation*; *TB Aware*; *Save the Himalaya*; *Rewa*; *Tibetan Identity*; e *The Day the Buddha Woke Up*. Rima expôs suas obras no Rubin Museum of Art (Nova York); na Tagore Gallery (Nova York e Beverly Hills); Tibet House (Nova York); Trace Foundation (Nova York); Isetan Art Gallery (Tóquio); Mingei International Museum (San Diego) e no San Diego Museum of Art.

Sua obra pode ser visualizada online, no site rimafujita.com.

Sugestão de leitura da Palas Athena Editora

Compaixão ou competição: Valores humanos nos negócios e na economia
Dalai Lama

A revolução do altruísmo
Matthieu Ricard

Autobiografia: Minha vida e minhas experiências com a verdade
Mohandas K. Gandhi

Felicidade: A prática do bem-estar
Matthieu Ricard

O livro tibetano do viver e do morrer
Sogyal Rinpoche

A ciência da compaixão
Ausiàs Cebolla i Martí, Javier García-Campayo e Marcelo Demarzo